9456

LA GLOIRE
DE LOUIS XV.
DANS LA GUERRE
ET DANS LA PAIX.
ODE
A LOUIS LE GRAND,

Par M. l'Abbé CARRELET DE ROSAY,
Chanoine & Grand Archidiacre de l'Eglise de Soissons,
de l'Académie Royale de cette Ville.

A PARIS,
Chez PRAULT pere, Quay de Gêvres,
au Paradis.

M. DCC. XXXIX.
Avec Approbation & Permission.

AVERTISSEMENT.

E ne doute point qu'il n'y ait des Poëtes qui se soient exercés à chanter une Guerre si glorieusement commencée par les Conquêtes, & si heureusement terminée par la Paix. Je suppose aussi qu'il y en aura un grand nombre qui s'attacheront à célébrer uniquement cette Paix, plus glorieuse au Roi, que tous les succès de la Guerre même, par la modération sans exemple avec laquelle il la donne à ses Ennemis. Pour moi, sans me borner ni à l'un ni à l'autre de ces grands Evenemens, & sans prétendre aussi faire un Eloge complet des qualités héroïques de notre auguste Monarque, je me propose pour but dans cette Ode, de donner aux Peuples dont il fait la félicité, une idée juste de la gloire de son Régne.

Je commence par évoquer l'Ombre de Louis XIV. (& c'est une sorte de dédicace que je mets à la tête de l'ouvrage.) Pour rendre mon sujet plus intéressant ; je fais ce grand Roi, si cher autrefois à la France, témoin de ses prosperités présentes ; j'ai crû que le Spectateur, encore plein de ses Vertus & de ses Exploits, ne seroit pas fâché de voir reparoître sur la Scéne, après sa mort, un Héros, qui fut si long-temps l'objet de son admiration pendant sa vie.

Quoique Louis XV. dans toute cette Piece soit mon Héros, que je ne perds jamais de vûë, j'aurois pû

fans doute, en célébrant fa gloire, m'étendre plus que
je n'ai fait fur celle de l'Homme incomparable qui y a
tant contribué ; peut-être même quelques Critiques,
bons François, prétendront que je l'aurois dû, & que
j'ai tranché un peu court les loüanges de ce génie rare,
unique, l'ame de ces Révolutions fameufes que je dé-
cris, maître des cœurs, & en quelque forte des événe-
mens, plus maître encore de lui-même ; mais le Public
judicieux comprendra aifément que ce Miniftre, fi zélé
pour la gloire de fon Maître, eft mieux loüé en fa Per-
fonne, que par tant de loüanges flateufes qui lui font
propres ; perfuadé d'ailleurs, comme moi, qu'il eft des
Eloges de filence & d'admiration, plus éloquens que
les plus vives images de l'Eloquence même.

Que tous les Poëtes, en fait de loüanges, fe croyent
plus autorifés que d'autres à charger les couleurs de
leurs tableaux, pour moi, je ne crains point qu'on
m'accufe d'avoir fuivi en cela leur exemple. Tout ce
que je dis à la gloire du Roi & de fes Miniftres, eft ap-
puyé fur des faits connus, & je n'avance rien, que
l'Hiftorien le plus véridique ne puiffe adopter. Je ne
crains point qu'on me reproche ni d'avoir loüé d'une
maniere partiale la Nation Françoife, ni d'avoir offenfé
par des comparaifons odieufes, des Nations voifines
qui font loüables par tant d'endroits ; & je me fçai gré
d'avoir rendu à celle dont la valeur balança long-temps
nos Victoires, la juftice qui lui eft dûë, & que lui rend
toute l'Europe.

LA GLOIRE
DE LOUIS XV.
Dans la Guerre & dans la Paix.

ODE

A LOUIS LE GRAND.

E LOUIS Ombre triomphante,
Ta gloire t'évoque en ces lieux ;
Parois ; la France floriſſante
Offre un doux ſpectacle à tes yeux :
Ton grand cœur a vaincu la Parque,
Il vit dans un jeune Monarque,
Et nous comble encor de bienfaits:
Si, ſur tes traces, dans la Guerre
Ce Roi fut l'effroi de la Terre,
Il en eſt l'amour dans la Paix.

Ici mon efprit fe rappelle

Ce tendre adieu (*a*), digne de toi,

Où tu lui traças le modéle

Du vrai Héros & du grand Roi :

(*b*) » Qu'à vos Confeils la Paix préfide ,

» Bien mieux que la valeur d'Alcide,

» Elle rend les Peuples heureux :

» Image du fouverain Eftre ,

» Mon fils, plus en Pere qu'en Maître ,

» Apprenez à regner fur eux.

Grand Roi , cette riche femence

A germé felon tes defirs.

Louis en fit', dès fon enfance ,

Et fon Etude, & fes plaifirs.

Quel Roi, quel homme eft fans foibleffe ?

Pour lui , guidé par la Sageffe ,

De fes panchans il eft vainqueur :

(*a*) Loüis XIV. en mourant, exhorta fon arriere-petit-fils , principalement à la paix & à la bonté pour fes fujets.

(*b*) Précis des dernieres paroles de ce Prince ; elles font bien remarquables.

Vois, avec l'Europe étonnée,
La Vertu qu'il a couronnée,
Seule maîtresse de son cœur.

En vain sa prudence attentive
Aux interêts de ses Etats,
Tient encor sa valeur captive ;
Et craint d'appesantir son bras ;
Bien-tôt (*a*), d'une Cour trop puissante,
La Politique menaçante
Brave sa clémence & ses Droits ;
Elle apprendra, triste victime
Du courroux le plus légitime,
Si Louis sçait venger les Rois.

Partez, Guerriers, portez la foudre
Du plus grand Roi de l'Univers ;
Mettez Kell (*b*) & Trarback en poudre,
Et leurs Défenseurs dans les fers.

(*a*) Les intrigues de la Cour de Vienne, & la Ligue entre elle, la
Moscovie & la Saxe, au sujet de la Pologne.
(*b*) La prise du Fort de Kell le 29 Septembre 1733. & du Château de
Trarback le 2 Mai 1734.

(*a*) Barwick, appelle la Victoire ;
D'Eugéne amené par la Gloire
Fais échoüer les fiers projets.
Et toi, vole, (*b*) Hector invincible,
Que dans Milan ton bras terrible
Donne à deux Rois (*c*) d'autres Sujets.

🙰

Villars, plein de gloire & d'années,
Court s'immoler aux Champs de Mars ;
Du Pô les rives consternées
Ont crû voir encor les Céfars ;
Déja fa valeur furieufe
Fondant fur l'Aigle impérieufe,
Change fes Lauriers en Cyprès ;
Et, fous un (*d*) Héros que Mars guide,
Le François menace, intimide
Mantouë au fond de fes Marais.

(*a*) M. de Barwik a ouvert glorieufement les deux premieres campa-
gnes d'Allemagne.

(*b*) Le Maréchal de Villars, qui s'appelloit Loüis-Hector, a commen-
cé la Guerre dans le Milanois avec le fuccès que tout le monde fçait.

(*c*) Par les fuccès de nos Armes, Dom Carlos eft devenu Roi de Na-
ples & de Sicile, & le Roi de Sardaigne maître d'une partie de la Lom-
bardie.

(*d*) Le Roi de Sardaigne.

❦

Muſe , rends ici ſur ta lyre
(a) Ce Combat funeſte aux Germains ,
Ces Guerriers, ſoûtien de l'Empire ,
Vaincus ſans en venir aux mains.
L'air s'obſcurcit , le bronze tonne.
Quelle fureur ſaiſit Bellone !
De feux quel déluge nouveau !
De Mercy qui frémit de rage ,
De ſes Braves qu'il encourage ,
La Parma devient le tombeau.

❦

Contre Coigny (b), viens en Ulyſſe ;
Dans un Combat tenter le Sort ;
Viens Konigſeg , qu'à l'artifice
Succéde un courageux effort ;
Du François connois la vaillance ;
Et ſûr de ſa prompte vengeance ,

(a) La Bataille de Parme, gagnée le 29 Juin 1734. par l'Armée
du Roi contre celle des Impériaux, commandée par le Général Mercy,
tué dans cette Bataille, avec beaucoup d'Officiers & de Soldats.
(b) L'affaire de Bondanello, ſuivie de la Bataille de Guaſtalla, gagnée
le 19 Septembre 1734. par les Troupes du Roi, commandées par le Maréchal de Coigny, contre les Impériaux, commandés par le Comte de
Konigſeg, leſquels combattirent avec beaucoup de valeur.

Déſormais crains de l'exciter ;
Crains-le, même quand il ſommeille,
C'eſt un Lion, dès qu'il s'éveille,
Fatal pour qui l'oſe irriter.

❧

D'un Siége, (*a*) centre de la Guerre,
Dis-nous, Mars, les faits inoüis ;
Qu'il eſt terrible ton tonnerre,
Lancé par le bras de L o u i s !
Contre le deſtin de la France,
Philisbourg a pour ſa défenſe,
Eugêne & le Rhin en courroux :
(*b*) François, pour vaincre tant d'obſtacles,
La Valeur, féconde en miracles,
En Héros vous transforme tous.

❧

Oui, la Gloire eſt votre partage,
De Lauriers je vous vois couverts ;
Mais vous les devez au carnage,
Aux pleurs de cent Peuples divers.

(*a*) La priſe de Philisbourg, arrivée le 18 Juillet 1734, malgré le
débordement prodigieux du Rhin, & à la vûë des Troupes de l'Empereur
& de l'Empire réunies, commandées par le Prince Eugêne.

(*b*) Tous les Officiers & les Soldats même, donnerent pendant tout le
Siége, des marques d'une bravoure extraordinaire.

Si, foigneux de fa renommée,
Louis, à l'Europe allarmée,
Fit craindre fes profpérités,
Jaloux, dans fon Pouvoir fuprême,
Des cœurs de fes ennemis même,
Il les vaincra par fes bontés.

Parois, délices de la Terre,
Divine Paix, comble nos vœux;
De Louis retiens le tonnerre,
Il aime à faire des heureux :
De Janus il ferme le Temple ;
Que l'Aigle qui fuit fon exemple,
Dans fes Neveux le craigne encor;
Par lui la Gloire & l'Abondance
Ont fait une étroite alliance
Qui nous ramene l'âge d'or.

Qu'un Conquérant fi pacifique
Des Cieux eft un riche préfent!
J'ai connu ton cœur héroïque,
Louis, par ton cœur bienfaifant.

Quand j'ai vû les Villes tremblantes
Tomber sous tes mains foudroyantes ;
Ma voix t'a voüé ses accens ;
Je t'admire quand tu t'arrêtes
Dans l'heureux cours de tes Conquêtes ;
Et t'offre alors tout mon encens.

Ces Alexandres formidables ;
(Fléaux du Monde épouvanté,)
Presque toujours heureux coupables,
Usurpent l'Immortalité :
Tel Héros que vante l'Histoire ;
Se trouve, au sein de la Victoire ;
Vaincu par mille passions ;
Le mien est un Roi magnanime ;
Qui fait sa gloire de l'estime
Et du bonheur des Nations.

De la France, Dieu tutélaire ;
*Grand Roi, dans ce nouveau Titus
De tes Lauriers dépositaire,
Joüis long-temps de tes vertus :

* Loüis XIV.

[13]

A l'Héroïfme , aux Loix fidelle ;

Son Régne du tien nous rappelle

Et la fageffe , & la grandeur ;

Tandis que (*a*) l'Arbitre du Monde ;

FLEURY, par une Paix (*b*) féconde ,

De nos Lys accroît la fplendeur.

(*a*) Tout le monde convient que le fuccès d'une paix fi avantageufe à
toute l'Europe, eft dû principalement à la confiance que les Puiffances
belligerentes ont eûë en S. E. Monfeigneur le Cardinal de Fleury.

(*b*) Le fruit de la Paix a été la réunion des Duchés de Lorraine & de
Bar à la France.

FIN.

I

Permis d'Imprimer. A Soiſſons ce 4. May 1736. *Signé*, HEBERT.

Lû & approuvé pour la deuxiéme Edition. A Paris ce 10. Juin 1739.
Signé, CREBILLON.

Vû l'Approbarion. Permis d'imprimer. A Paris ce 10 Juin 1739. *Signé*, HERAULT.

Regiſtré ſur le Livre de la Communauté des Libraires & Imprimeurs de Paris, N°. 2126. *conformément aux Reglemens, & notamment à l'Arrét de la Cour du Parlement du 3. Decembre 1705. A Paris ce 19. Juin 1739.*
Signé, S. LANGLOIS, Syndic.

www.ingramcontent.com/pod-product-compliance
Lightning Source LLC
Chambersburg PA
CBHW061427170626
46811CB00005B/2157